D0602128

Vejigante MASQUERADER

Lulu Delacre

SCHOLASTIC INC. / *NEW YORK*

Library of Congress Cataloging-in-Publication Data

Delacre, Lulu.
Vejigante masquerader / Lulu Delacre.
p. cm.
Includes bibliographical references (p. 40).
Summary: Against all odds, a resourceful Puerto Rican boy manages to get a costume together for Carnival.
ISBN 0-590-45776-4
[1. Puerto Rico—Fiction. 2. Carnival—Fiction.] I. Title.
PZ7.D3696Ve 1993
[E]—dc20
92-15480
CIP
AC

12 11 10 9 8 7 6 5 4 3 2 1 3 4 5 6 7 8/9

Printed in the U.S.A. 36

First Scholastic printing, February 1993

Lulu Delacre's art was done in mixed media; watercolor with colored pencils and pastels.

To the mask makers, costume makers,
and masqueraders from Playa de Ponce.

L.D.

Acknowledgments

The author would like to thank Dr. Ricardo Alegría, director of the Center for Advanced Studies of Puerto Rico and the Caribbean; Dr. Carmen Ruiz de Fishler, director of the Ponce Museum of Art; Mr. Néstor Murray Irizarry and Mr. Teodoro Vidal, folklorists from Puerto Rico; Ms. Clara Meierovich from Mexico; Dr. Angelina Pollak Eltz, Universidad Andrés Bello in Venezuela; and all the others that helped in preparing this book. Gracias también a tí, Paul Capestany.

Can you find the twenty-eight lizards (one for each of the twenty-eight days of February) hidden in the pictures in this book?

¿Puedes encontrar las veintiocho lagartijas (una para cada día del mes de febrero) que están escondidas en las ilustraciones de este libro?

About *vejigantes*

Every year around February, Carnival brings thousands of masqueraders to celebrate in the city streets of Latin America and Spain. (Masqueraders are also present during other significant *fiestas* throughout the year.) But the *vejigantes* of Ponce are the only masqueraders that celebrate in Puerto Rico for the entire month of February — before and after Carnival! Since 1858, men and boys have been using their time off from school and work to dress in the traditional clown-like costumes and papier mâché masks resembling devilish animals. Holding *vejigas*, (the colorfully painted balloon-like inflated cow bladders — hence the name *vejigantes*), they gaily travel the streets on foot scaring and thrilling giggling children with their good-natured pranks.

Sobre los vejigantes

Todos los años, alrededor de febrero, llega el carnaval a las calles de Latinoamérica y España trayendo miles de máscaras a celebrar. (Los enmascarados también aparecen durante otras fiestas importantes en el año.) Mas son los vejigantes de Ponce, los únicos enmascarados de Puerto Rico que festejan durante todo el mes de febrero — ¡antes y después del carnaval! Desde 1858, los hombres y los niños, durante el tiempo que tienen libre en el trabajo y en la escuela, se disfrazan con sus tradicionales trajes de mamelucos y caretas de cartón piedra que asemejan animales diabólicos. Enarbolando las vejigas (vejigas de vaca infladas y pintadas de colores brillantes — de aquí el nombre de vejigantes) recorren las calles a pie, asustando y divirtiendo a la chiquillada feliz con sus bromas y travesuras.

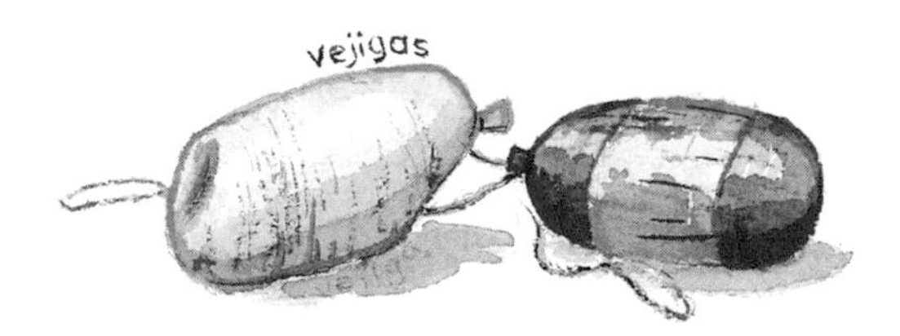

amón
had a secret. . .

amón
tenía un secreto. . .

febrero

For nine afternoons and one night
Ramón had secretly made
his first *vejigante* costume.
Just a few more stitches
and it would be finished.

Durante nueve tardes y una noche,
en sigilosa confección,
Ramón había hecho
su primer disfraz de vejigante.
Unas puntadas más y estaría listo.

Doña Ana, the best seamstress in the *barrio*,
had shown Ramón how to sew.
By running errands for her
he saved many coins to buy his mask.
Without a costume and a mask,
you could not be a *vejigante.*

Ever since Ramón was little
he'd dreamt of masquerading
with the bigger boys.
They got to be carnival *vejigantes*
for the entire month of February!
Being too little to join them
he followed, spellbound,
as he watched them play their pranks.
As long as they were in disguise
no one could scold them.

Doña Ana, la mejor costurera del barrio,
le había enseñado a Ramón a coser.
Haciéndole mandados, él logró ahorrar
suficiente dinero para comprar su máscara.
Sin disfraz ni máscara
no se puede ser vejigante.

Desde muy pequeño,
Ramón soñaba con disfrazarse
y junto a los muchachos grandes,
ser vejigante de carnaval
durante todo el mes de febrero.
Demasiado pequeño para unírseles,
los seguía, fascinado,
observando como hacían maldades.
Sin reprimenda de nadie,
pues llevaban el disfraz de vejigante.

Oh, how Ramón wanted
to be a *vejigante* in El Gallo's group!
For they were known in the *barrio*
for their daring spirits.
Once El Gallo had spotted Ramón
spying on him from a balcony.
He chased Ramón while
shaking both *vejigas* in the air.
But Ramón was small and swift
and managed to escape.

¡Ay! Cómo anhelaba Ramón
ser vejigante en el grupo del Gallo.
Todos en el barrio sabían
que eran los más temerarios.
Una vez El Gallo divisó a Ramón
espiándolo desde un balcón.
Fue tras Ramón
enarbolando ambas vejigas,
pero Ramón, pequeño y veloz,
logró escabullirse.

Through the early morning sea breeze,
his mother's voice interrupted his daydream.
"Ramón, get up," she called.
"Come and help me with the chores.
And when you are done,
Doña Ana is waiting for you."
"*¡Sí!*" Ramón answered, hiding his costume.

Mamá would never believe that
he had found a way to be a *vejigante*.
After all, they could not afford a costume.
And Mamá was much too busy to make one.
When he finished helping Mamá, he raced out of the
house to do what he had dreamt about for so long.
"Don't forget to buy the flour!"
Mamá called out to him.

Con la brisa marina de la mañana
llegó la voz de su madre,
trayendo a Ramón a la realidad.
—¡Ramón, levántate, ven y ayúdame! —le llamó—.
Y cuando acabes con las tareas,
Doña Ana te espera.
—¡Sí! —contestó Ramón, escondiendo su disfraz.

Mamá jamás creería que él
hubiese encontrado la manera de ser vejigante.
Después de todo, no podían gastar en un disfraz.
Y mamá estaba demasiado ocupada para hacerle uno.
Cuando terminó de ayudarla, salió apresurado
a hacer por fin lo que tanto había soñado.
—¡No te olvides de comprar la harina!
Oyó que le gritaba mamá.

Down the street he ran.
"¡*Hola*, Doña Ana!" called Ramón.
"My costume is finished!"
"And just in time, too." Ana smiled.
She handed him a new costume to deliver
to the mask maker, and a tip for himself.
As Ramón ran to Don Miguel's *casita*,
he hoped he'd have enough to pay for
his mask *and* the flour!

Corrió calle abajo.
—¡Hola, Doña Ana! —llamó Ramón—.
¡Terminé mi disfraz!
—¡Justo a tiempo m'hijito! —Ana sonrió,
entregándole el disfraz nuevo
que le mandaba al mascarero, y para él una propina.
Mientras corría a la casita de Don Miguel,
Ramón rogaba tener suficiente dinero
para su máscara *y* la harina.

When Ramón arrived,
Don Miguel was hard at work.
"Is it finished yet?" Ramón asked,
handing Miguel his new costume.
"Ahhh!" said Don Miguel, "you really want
to be a *vejigante*, don't you?"
Don Miguel took down the mask
that he had made for Ramón.
"It will be six even," he said.
Ramón looked at his brightly colored mask.
Then he looked at his coins.
His eyes filled with tears.
"I don't have enough," he whispered.
"Take the mask," said Don Miguel softly,
"and come back Saturday
to help me clean the workshop.
Maybe I'll teach you how to make a mask, too."

Al llegar, Ramón encontró
a Don Miguel trabajando afanosamente.
—¿La terminó ya?— preguntó Ramón,
entregándole el disfraz a Miguel.
—¡Ah! —exclamó Don Miguel—.
De veras que quieres ser vejigante, ¿no?
Don Miguel bajó la máscara
que había hecho para Ramón.
—Son seis pesos justos —dijo.
Ramón miró la máscara reluciente
y entonces miró las monedas que tenía.
Sus ojos se le aguaron.
—No tengo suficiente —suspiró.
—Llévatela —dijo Don Miguel bondadosamente—.
Regresa el sábado;
me ayudarás a limpiar el taller.
A lo mejor hasta te enseño a hacer una máscara.

"*¡Viva!*" cheered Ramón, admiring
his brand-new mask.
"And thank you," he called
as he rushed out the gate.

Ramón could barely sleep that night
as he waited for morning.

—¡Viva! —exclamó Ramón,
admirando su máscara nuevecita.
—¡Y gracias! —agregó
al salir corriendo por el portón.

Esa noche Ramón apenas durmió
esperando la mañana.

At last,
Carnival had arrived
with a big parade, a queen, a band,
and *vejigantes* in terrifying masks
as far as the eye could see.
They had *vejigas* in hand and
bells on their capes. And best of all,
Ramón was one of them.

¡Por fin!
Había llegado el carnaval,
con una gran parada, una reina, una banda,
y tantos vejigantes con máscaras amenazadoras
que se perdían en el horizonte.
Traían vejigas en la mano
y cascabeles en sus capas. Y ¡albricias!
Ramón era uno de ellos.

"*¡Vejigante a la boya!*"
Ramón chanted with the other *vejigantes.*
"*¡Pan y cebolla!*"
the crowd answered gaily.
Don Miguel, the mask maker, winked at Ramón
from across the way.
As Ramón weaved through the crowd, he
passed by his sisters and his mamá.
They looked at him curiously
but did not recognize him!
Now he was free to play all sorts of tricks . . .

. . . Suddenly, he spotted El Gallo!

"¡Vejigante a la boya!"
Ramón canturreaba junto a los otros vejigantes.
"¡Pan y cebolla!"
respondía alegremente la multitud.
Don Miguel, el mascarero, le guiñó un ojo de lejos,
y Ramón, zigzagueando entre la gente,
pasó frente a sus hermanas y su mamá.
Lo miraron con curiosidad,
¡pero sin reconocerlo!
Ahora podía hacer
toda clase de picardías . . .

. . . ¡De pronto divisó al Gallo!

Ramón followed El Gallo and his friends
as they strayed from the parade.
They circled young girls
and teased them with their *vejigas*.

They rattled their *vejigas* loudly
in a scary rhythm, all the way up
to the field where the goats roam.
Ramón watched.

At El Gallo's order, the *vejigantes*
charged the young goats.
How they laughed to see them flee.
They felt so proud of their boldness.

Ramón siguió al Gallo y sus amigos
al verlos apartarse de la parada.
Acorralaron a las chicas,
provocándolas con sus vejigas.

Agitaban las vejigas fuertemente,
con un ritmo ensordecedor, andando
hasta donde pastaban las cabras.
Ramón los observaba.

A la señal del Gallo, los vejigantes
embistieron los cabritos.
¡Cómo se rieron al verlos huir,
sintiéndose orgullosos de su osadía!

Ramón could be bold, too.
When an older goat passed by,
Ramón charged it.
Ramón didn't know that
this was the mean buck
El Gallo and his friends respected.
The buck charged at Ramón!
Its horns caught his costume and tore it.
The costume ripped even more
as he climbed a tree.
El Gallo and his friends looked on in disbelief.

Ramón también podía ser audaz.
Al ver pasar un macho cabrío
Ramón lo persiguió.
Pero no sabía que éste
era el macho perverso a quien
el Gallo y sus amigos respetaban.
El cabro embistió a Ramón,
desgarrando con sus cuernos el disfraz.
El disfraz se rasgó aún más
al Ramón subirse a un árbol.
Con mirada incrédula el Gallo y sus amigos observaban.

They cheered his swift escape.
Smiling and relieved, Ramón climbed down.
Then he saw his costume all in shreds.
With a deep sigh, Ramón took off his mask.

"Look, it's only Ramón!" El Gallo exclaimed.
"You are small in size, Ramón, but big in courage.
Come and join our group tomorrow."
"You mean it?" Ramón said.
But how could he be a *vejigante*
with a useless costume?

Aclamaron su hábil escapada,
y sonriente y aliviado, Ramón bajó del árbol.
Recién entonces vio su disfraz deshecho.
Con un profundo suspiro, Ramón se quitó la máscara.

—¡Mira, pero si es sólo Ramón! —gritó el Gallo—.
Eres pequeño de tamaño, Ramón, pero de gran coraje.
Ven y únete a nosotros mañana.
—¿De veras? —Ramón preguntó.
Pero, ¿cómo podía ser vejigante
con un disfraz inservible?

Ramón returned home
where Mamá was waiting for him.
"So you are a *vejigante*, Ramón!" she said.
"Not any longer," whispered Ramón.
He told Mamá about how he
had secretly made his own costume,
and how he was finally accepted
in El Gallo's group.
But now the many days
left in February to be a *vejigante*
would be ruined without his disguise.

He walked to his room.
He still had to go to Don Miguel's
to finish paying for his mask.
But the costume was hopeless.
There was no way to mend it.

Ramón regresó a su casa
donde mamá lo esperaba.
—¡Así que eres vejigante, Ramón! —le dijo.
—Ya no, —contestó Ramón tristemente.
Le contó a su mamá cómo había
hecho su disfraz en secreto
y cómo había sido finalmente aceptado
en el grupo del Gallo.
Sin embargo, ahora, los restantes días
de febrero para ser vejigante
quedaban arruinados al no tener disfraz.

Se dirigió a su cuarto.
Todavía debía regresar a lo de Don Miguel
para terminar de pagar su máscara.
Y su disfraz ya no tenía remedio.
No había forma de remendarlo.

Mamá came in with a warm piece of cake.
She knelt down close to him.
And as she threaded two needles,
she whispered in his ear:
"You, Ramón, of all people, should know
that sometimes persistence is the key to your dreams.
We will try to mend it, this time together."

Ramón smiled.
Then they each picked up a needle
and sewed late into the night . . .

Mamá entró,
trayendo un pedazo de torta aún tibia.
Se arrodilló junto a él,
y mientras enhebraba dos agujas,
le susurró al oído:
—Tú, Ramón, mejor que nadie, sabes bien
que a veces la persistencia es la llave de tus sueños.
Intentaremos otra vez, esta vez juntos.

Ramón sonrió.
Tomando cada cual una aguja,
cosieron hasta entrada la noche . . .

Other Masqueraders from Spain and Latin America

Otros enmascarados de España y Latinoamérica

The *vejigante* from Puerto Rico is not the only devil-like masquerader. There are many others that resemble him. The ones in Bolivia, Peru, and Panama appear during the *Corpus Christi* celebrations. Here are three others:

El vejigante de Puerto Rico no es la única máscara con atributos de diablo. Hay muchas otras que se le asemejan. Las de Bolivia, Perú y Panamá aparecen durante la fiesta del *Corpus Christi*. Aquí hay otras tres:

Guadalajara, Spain — The *botarga* from Retiendas appears during the festivities of the *Corpus Christi*. *Botargas* dress in yellow and red costumes with bells jingling from their waists. They wear papier-mâché masks and often lead the procession. Like the *vejigante*, they enjoy chasing women and children.

Guadalajara, España — El botarga de Retiendas aparece durante la fiesta del *Corpus Christi*. Los botargas se visten de amarillo y rojo, llevando sonajas colgadas del cinturón. Usan caretas de cartón piedra y generalmente encabezan el desfile. Al igual que los vejigantes se divierten persiguiendo a las mujeres y a los niños.

San Francisco de Yare, Venezuela — The *diablito* appears during the *Corpus Christi* festivities, usually during early summer. Venezuelan *diablitos* dress in red and wear papier-mâché masks that look very similar to the *vejigante* mask. They dance to drive away evil.

San Francisco de Yaré, Venezuela — El diablito aparece durante la fiesta del *Corpus Christi*, al comienzo del verano. Los diablitos venezolanos se visten de rojo y llevan máscaras de cartón piedra muy similares a las del vejigante. Bailan para alejarse del mal.

Guerrero, Mexico — The *diablos* appear in a contest during Independence Day on September 16th. They wear clown-like costumes and skillfully carved wooden masks that have real venison horns attached to them. Mexican *diablos* are the jokers. They also play pranks and chase girls and women.

Guerrero, México — Hay competencia de diablos el 16 de septiembre, día de la Independencia. Los diablos se visten con mamelucos de payaso y caretas hábilmente talladas en madera que hasta llevan verdaderos cuernos de venado. Los diablos mexicanos son los bufones. Hacen bromas, persiguiendo tanto a las mujeres como a las niñas.

Make your own *vejigante* mask

(Ask an adult to help you)

You will need:

- clay or concrete cast***
- newspaper or brown wrapping paper strips
- water
- wheat flour
- pan
- oil-base or high-gloss acrylic paint in brilliant hues
- brushes
- paint thinner or water
- cow or goat horns***
- blade knife

****It is simple to form the cast for your mask from modeling clay. The cast for the horns can be made the same way.*

Haz tu propia máscara de vejigante

(Debes pedirle ayuda a un adulto)

Necesitarás:

- molde de arcilla o cemento***
- tiras de papel periódico o papel de envolver
- agua
- harina de trigo
- olla
- pintura de aceite o acrílico de colores vivos
- brochas
- aguarrás o agua
- cuernos de vaca o de cabra***
- navaja

****El molde para la cara y los cuernos se puede hacer de arcilla plástica.*

1. Wet the paper strips in water. Apply a first coat of wet strips to the cast, pressing so they take the shape.

1. Moja las tiras de papel en agua. Aplica una primera capa con estas tiras al molde, presionando un poco para que tomen la forma.

2. Have an adult help you cook some flour in water until it becomes a watery paste. Wet paper strips in paste mixture and apply three or four coats to the cast.

2. Pídele a un adulto que te ayude a cocinar un poco de harina en agua, hasta que se forme un engrudo. Moja más tiras en la mezcla y aplica tres o cuatro capas más al molde.

3. Carefully remove mask from cast. Let dry in the sun.

3. Cuidadosamente, remueve la máscara del molde, y ponla a secar al sol.

4. With the help of an adult, cut holes for the eyes and mouth. Cut the excess paper from the base.

4. Con la ayuda de un adulto, corta orificios para los ojos y la boca. Recorta el exceso de papel en el borde de la base.

5. Apply smaller paste-soaked paper strips around eyes and mouth and base to smooth the edges. Let dry.

5. Aplica tiritas mojadas en el engrudo alrededor de los orificios y la base para suavizar todos los bordes. Deja secar.

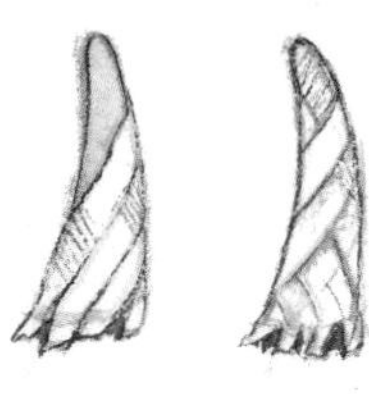

6. Using the same method as for the face, prepare several horns for the mask with paper strips and flour paste.

6. Usando el mismo método de la cara, prepara varios cuernos para tu máscara con tiras de papel y engrudo.

7. Let them dry in the sun, then trim base.

7. Déjalos secar al sol. Luego recorta el exceso en la base.

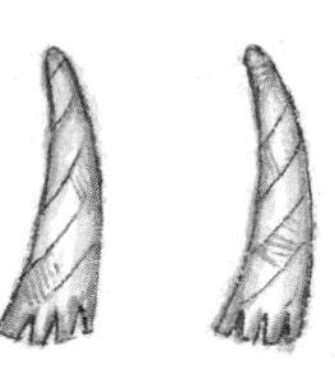

8. Have an adult make vertical cuts at the base. This will help you attach them to the face.

8. Con la ayuda de un adulto, haz cortes verticales en la base. Esto te ayudará a unir los cuernos a la cara.

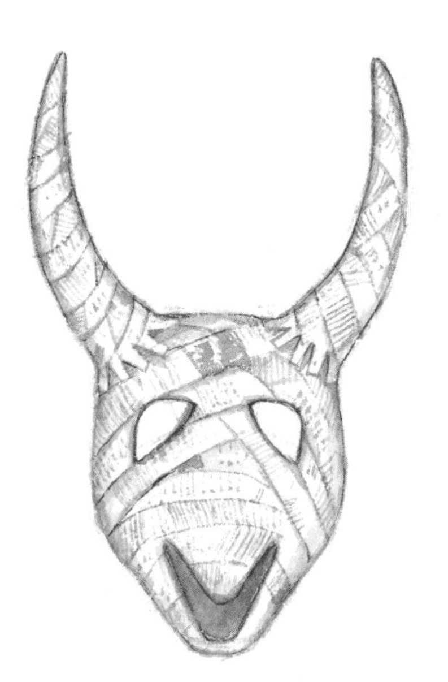

9. With the flour paste, glue the horns to the mask. You can add several strips of paper around where they meet to secure and smooth.

9. Usando el engrudo, pega los cuernos a la máscara. Puedes usar más tiras de papel para asegurar y suavizar la unión.

10. Once dry, paint your mask. Be creative! Mask makers in Puerto Rico always dot the entire surface with multi-colored speckles. Let dry.

10. Una vez que tu máscara está seca, píntala. ¡Sé original! Los mascareros en Puerto Rico cubren de puntitos multicolores toda la superficie. Deja secar la pintura.

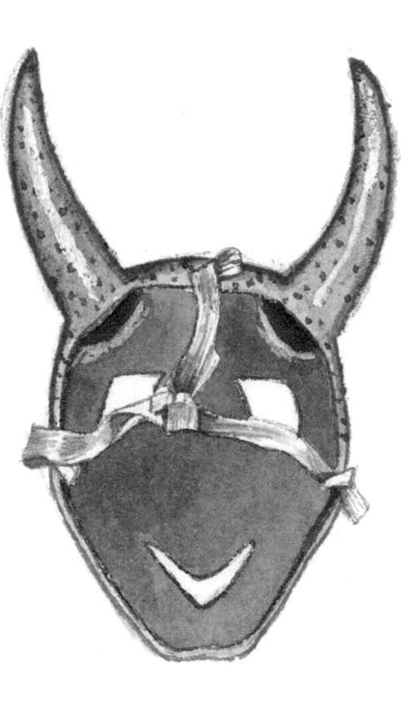

11. In order to wear your mask, ask an adult to help you to attach a wide elastic to the back. Have fun!

11. Para ponerte la máscara, deberás atar tiras de elástico ancho en la parte trasera de la misma. ¡Diviértete!

Vejigantes Chants / Estribillos

There are many different chants that fill the *vejigantes'* merry path. *Vejigantes* usually sing the first line, then the crowd of followers gaily responds with the second. Here is a fun sampling:

Son muchos estribillos que se canturrean en torno al alegre paso del vejigante. Los vejigantes acostumbran a decir el primer verso y la gente responde con la segunda. He aquí una muestra divertida:

Vejigante: Green devil is all painted
Crowd: Yellow, red, and reddest red

Vejigante: Tun-tun-tun-eco
Crowd: Let the dummy do a dance

Vejigante: Vejigante went for a swim
Crowd: Left his clothes on the banana tree's limb

Vejigante: Toco-toco-toco nut
Crowd: *Vejigante* eats coconut

Vejigante: Vejigante overboard
Crowd: Onions and bread

Vejigante: El diablo verde está pintao
Multitud: De rojo, amarillo y colorao

Vejigante: Tun-tun-eco
Multitud: Que baile el muñeco

Vejigante: El vejigante se fue a bañar
Multitud: Y dejó la ropa en el platanar

Vejigante: Toco-toco-toco-toco
Multitud: Vejigante come coco

Vejigante: Vejigante a la boya
Multitud: Pan y cebolla

Glossary/Glosario

Casita (*cah-SEE-tah*): little house

Barrio (*BAH-ree-yo*): neighborhood

Doña, Don (*DOAN-ya*) (*DOAN*): Spanish title used before a first name

Fiesta (*fee-YES-tah*): holiday

El Gallo (*el GUY-yo*): the rooster

Hola (*OH-lah*): hello

Sí (*SEE*): yes

Vejiga (*veh-HEE-gah*): a cow bladder that is blown up like a balloon and painted in bright colors. It is sometimes filled with pebbles or beans to make it rattle. The featherweight *vejiga* is carried around by *vejigantes* who use them to make noise and to tease women and girls.

Vejigante (*veh-hee-GAN-tay*): masquerader from Puerto Rico who carries *vejigas*.

¡Viva! (*VEE-vah*): hooray!

Bibliography / Bibliografía

Aretz, Isabel, *Manual de folklore venezolano*, Caracas, Ediciones del Ministerio de Educación, 1957.

Cordry, Donald, *Mexican Masks*, University of Texas Press, 1980.

Griffith, James, *Mexican Masks from the Cordry Collection*, Arizona, University of Arizona, 1982.

Musée International du Carnaval et du Masque, *Le Masque dans la Tradition Européenne*, Belgique, 1975.

Vidal, Teodoro, *Las caretas de cartón del carnaval de Ponce*, USA, Ediciones Alba, 1988.